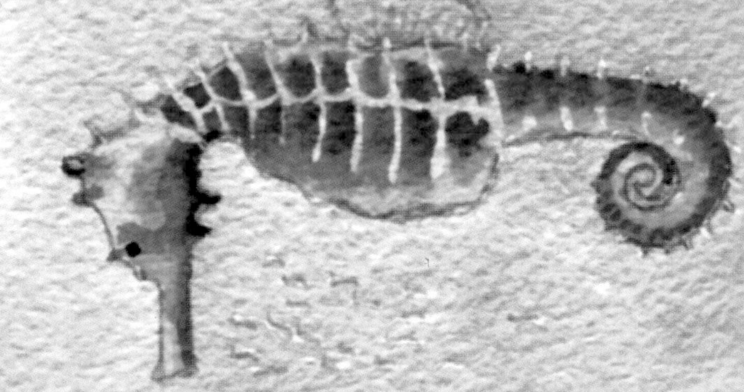

愛裡的生氣世界

隨著年紀越來越大，即使以文字為業的我都很少看文字很多的書了，原來閱讀是一種習慣，不再是個人的嗜好。

當作者小石（雅云）傳給我她的新作，不是音樂，而是一本繪本時，我驚訝的不是她會創作和繪畫，而是這一本圖畫書瞬間把我拉回三十五年前，那一年我退伍，第一件差事就是以圖畫書為主要項目的漢聲出版社編輯，漢聲出版社出版許多國際大獎的繪本童書。

我非常幸運，在漢聲出版社得到完整的文字與觀點的栽培，短短三年半的時間，勝過我過往在學校學到的一切，也打開我對圖畫書的遼闊視野。記得當時總編輯吳美雲女士跟我說過，兒童圖畫書有很多功能，不是專給幼兒看的，那是讓大人重回孩童的純淨心境，並讓大人有機會跟孩子一起閱讀，有了一扇窗戶由簡而深的看遠方。

每位繪本創作家都有一種特質，就是讓本性透過繪筆之鑰打開療癒世界，這一本「小刺愛生氣」很像詹雅云給我的直接印象，執著於純粹，堅毅的友善。這樣的特質連結到「小刺」，這個一生氣就膨脹的河豚，根本就是她的翻版，她只是把這樣的身分從母親變成母親的小時候，再從小時候轉化成河豚的長大過程。原來「生氣」也有成長的樣子，原來生氣的世界，就是愛裡在乎的宇宙。

這個繪本的畫面，是小石在澎湖生活多年，由她每日看到的海教導她畫出來的，海是她的創作心靈之神，並邀請了海龜、螃蟹、章魚……等嘉賓一起演出，最後那個入侵的人啊，可能就是正在閱讀的你。

如果這一本書，你打算和孩子一起讀，記得你在孩子面前說出感受與註解的每個字都不是來教育孩子，而是在孩子面前展現你的閱讀經驗，一如歌手在舞台上演唱，不是來展現專業能力，而是誠摯的傳遞當下的心情。

而這可以透過一次次的朗讀，一夜夜的枕邊故事般重複的說 ....
孩子最神奇的是可以不厭其煩的一聽再聽某首歌，一看再看某個圖畫，直到一輩子都忘不了。

這是小石的第一本出版的繪本，有澎湖的風，與藍藍海下的愛的世界！

作詞人/作家：許常德老師　暖心推薦

這裡是一片廣闊的大海，
有各式各樣的海洋生物在這裡快樂的生活著。
有一隻愛生氣的小河豚，他也生活在這裡，
他的名字叫……小刺！

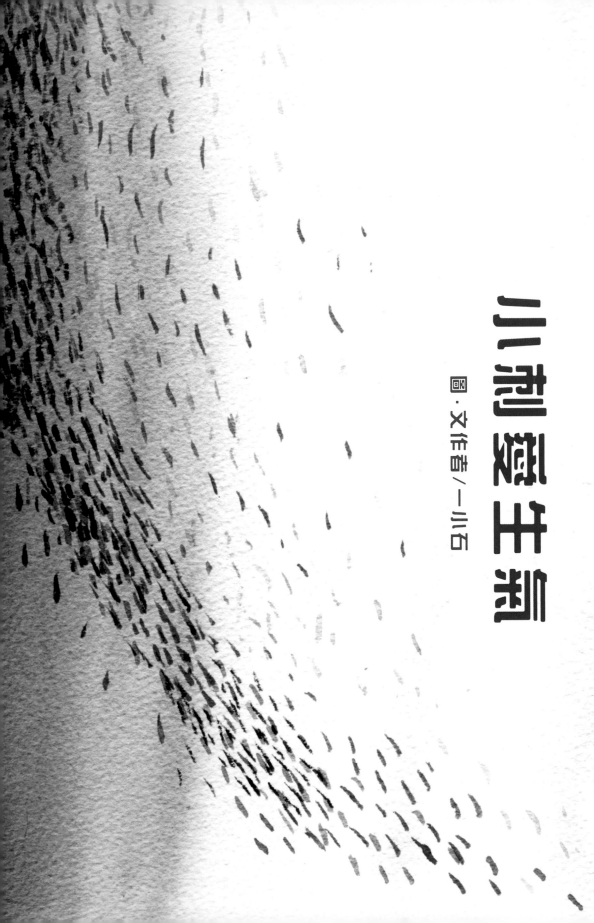

小刺蝟生氣

圖·文作者／一小石

小刺又生氣了！

小虹魚大聲喊著：

「小刺又生氣啦……

大家趕快躲起來！」

章魚哥哥：

「我的天啊～小刺往這邊來了，

我得趕快躲好！」

小刺哭喊著：

「媽媽~媽媽~媽媽~」

媽媽問：

「寶貝，你怎麼了呢？」

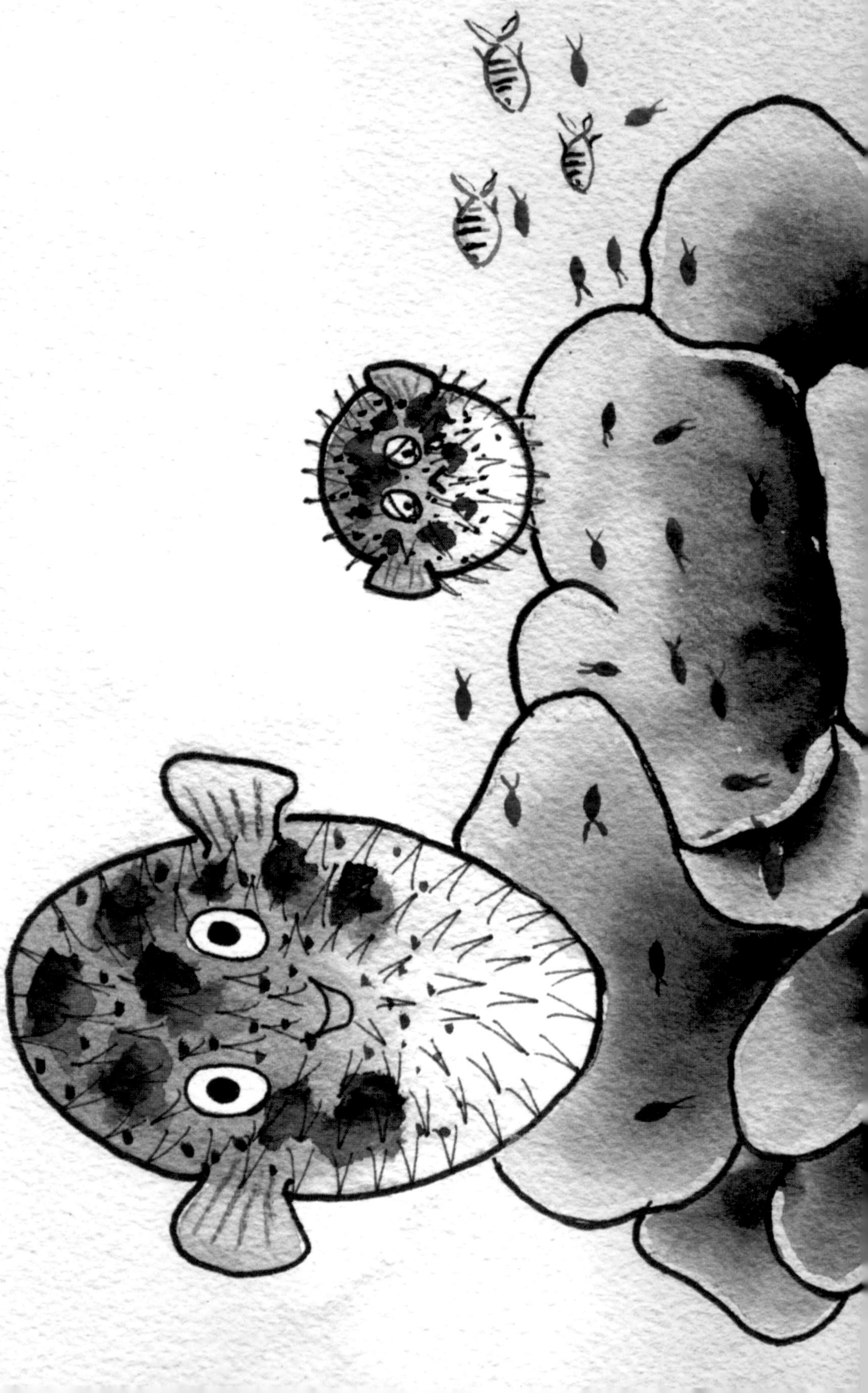

小刺委屈的說：

「大家都不跟我玩...」

媽媽對小刺說：

「那是因爲你太愛生氣了！當你生氣的時候，
無論是你說出來的話還是身上的刺，
都會傷害到別人的呀！」

「朋友們害怕受到傷害，只好離你遠遠的。」

小刺問：

「那我該怎麼做呢？」

媽媽對小刺說：

「寶貝，你不能只愛自己。
你試試看，先去愛大家，
很快地，他們也會來愛你喔！」

「媽媽愛你～啾！啾！啾！」

於是，小刺開始學著去愛大家…

小刺：「海鰻阿姨，早安！」

海鰻阿姨：「早安～是小刺啊，
你最近越來越有禮貌了呢，
也很少生氣喔，真是好孩子！」

「剪刀石頭布！哇～小蟹又贏了！」
小刺和小蟹開心的玩著。

小海星：「哈囉！
我也想和你們一起玩。」

漸漸的…
朋友們開始喜歡和小刺一起玩耍了！

這天，傳說中的魔鬼出現了…

海龜爺爺一邊逃一邊拼命呼喊著：

「魔鬼來啦！

大家趕快逃命啊！」

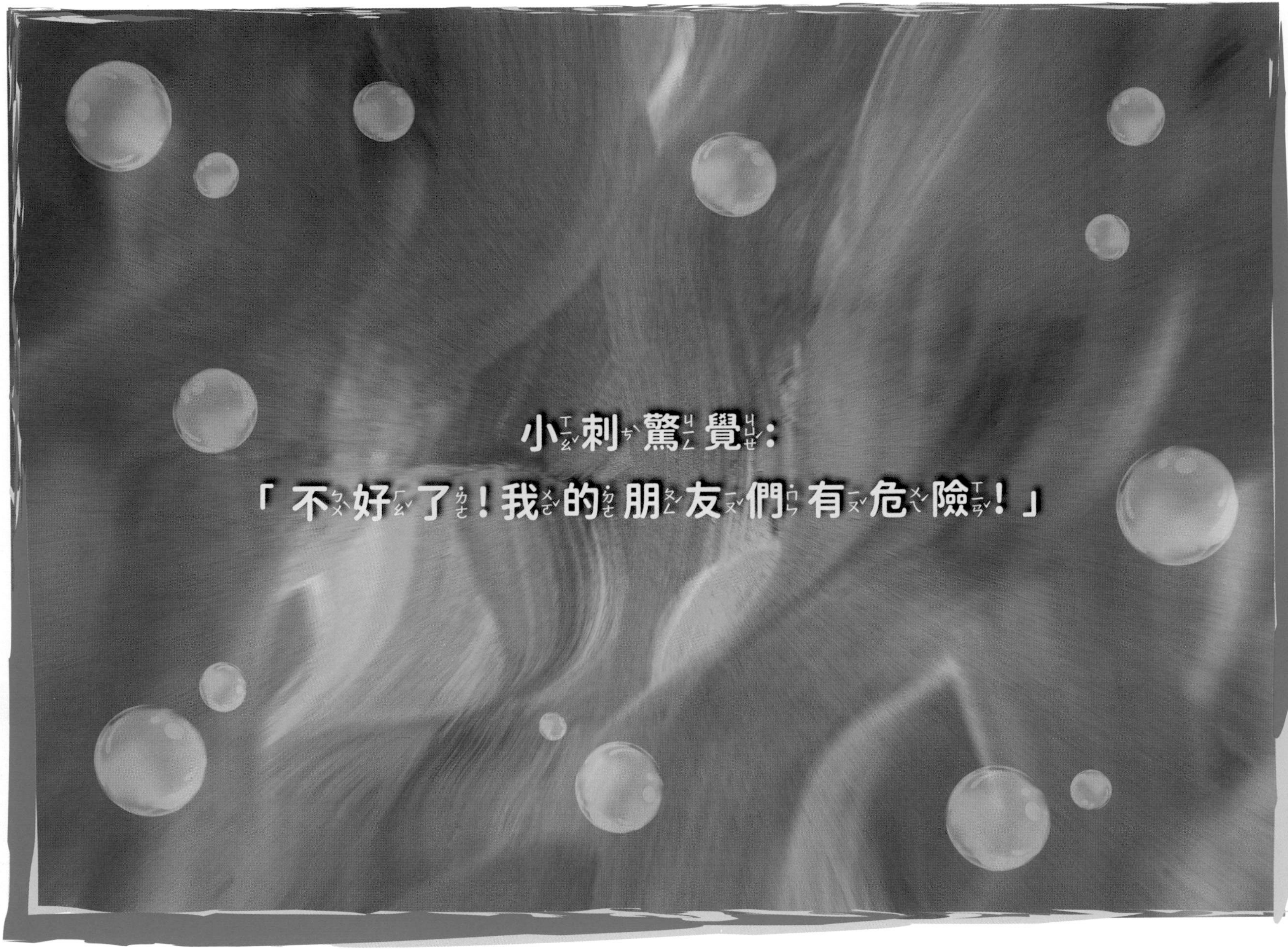
小刺蝟驚覺：
「不好了！我的朋友們有危險！」

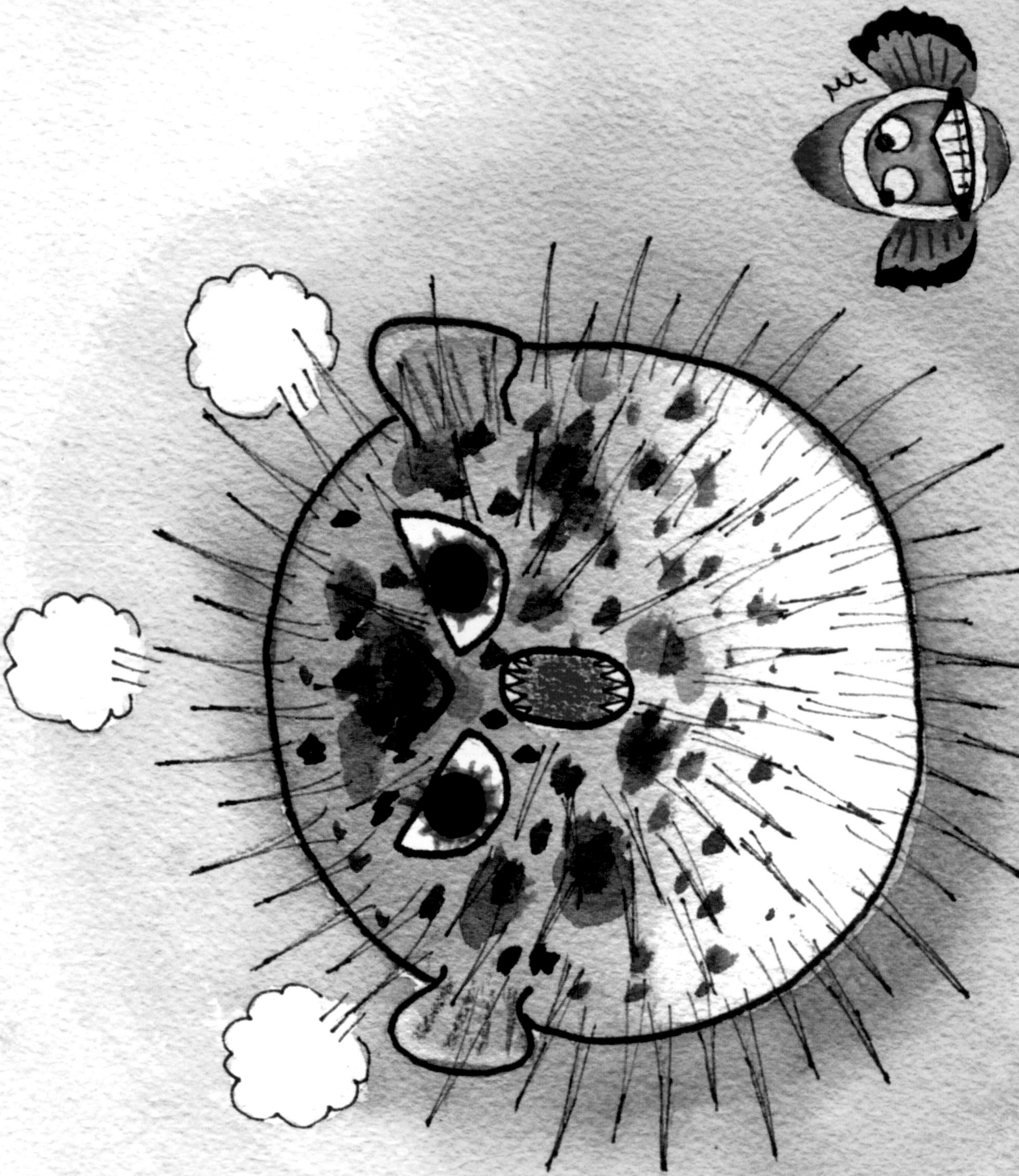

這時，小刺又生氣了…

小刺憤怒喊著：

「大家不要怕，我來了！」

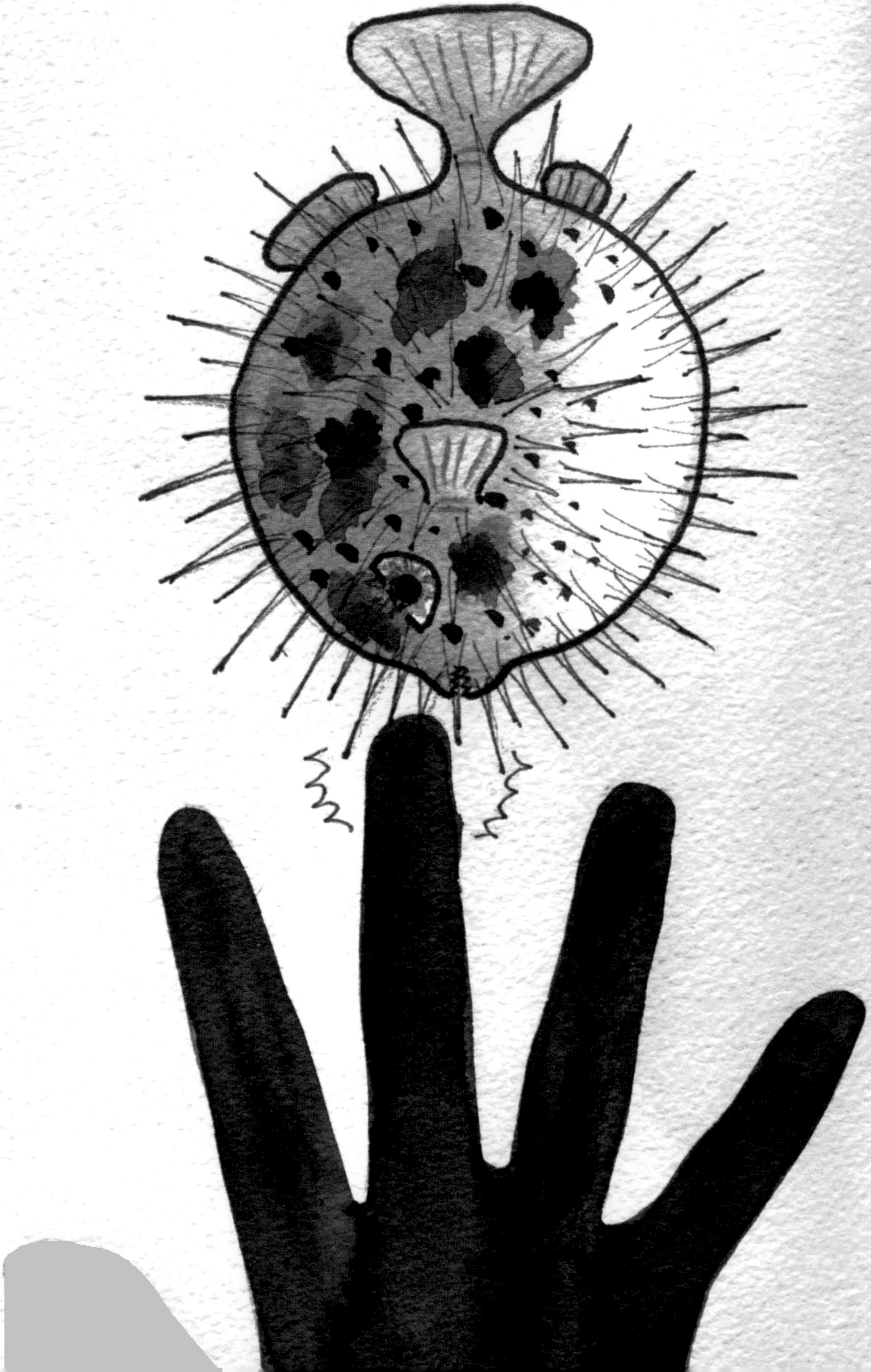

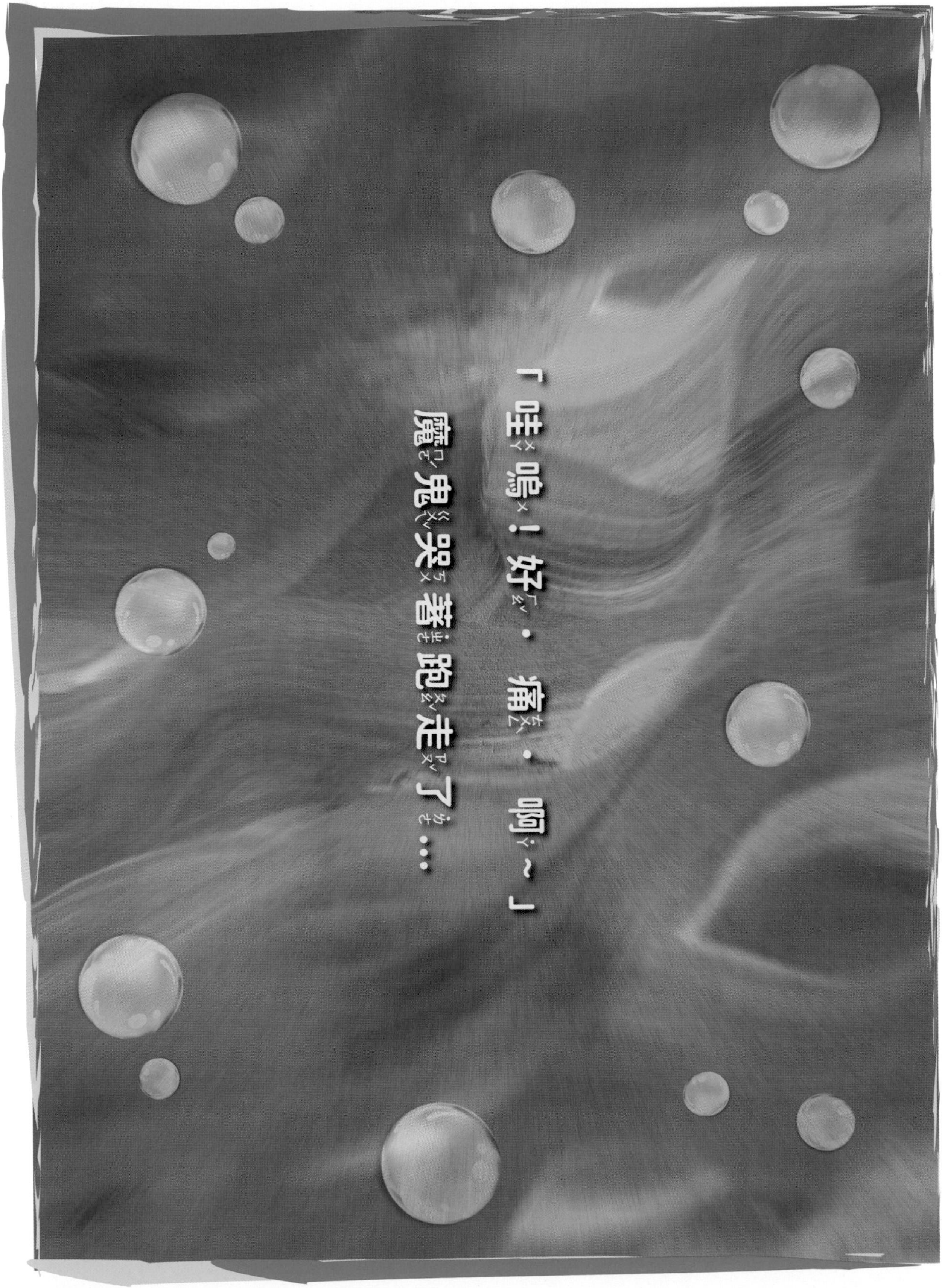
「哇嗚！好・痛・啊～」
魔鬼哭著跑走了…

小刺成功的趕走了魔鬼…

小魚們：
「小刺，你真的很勇敢！
謝謝你救了大家。」

現在，大家都覺得小刺身上的刺
好～酷～啊！

【一小石】

一個快樂的單親媽媽，育有二子。深信萬物皆有靈，一花、一葉甚至一小石……
都是佛性、神性完美的展現。

《小刺愛生氣》原本是畫給自己孩子看的，但因為當時的因緣尚未俱足以致沒有完成繪本。
現在孩子長大了，整理過後，希望能拿出來與有緣的孩子們分享……

感恩許常德老師、翁妍濃小姐在此繪本出版的過程中，耐心的給予我諸多的建議及幫忙。
感恩一切善因、善緣。

小刺愛生氣

圖文作者/一小石
發行人/翁妍濃
出版者/統藝群印有限公司
台中市南區復興路二段71巷65弄20號1樓
(04)2265-5051
出版日期/2022年7月(初版一刷)
定價/280元

國家圖書館出版品預行編目(CIP)資料

小刺愛生氣/一小石圖.文. -- 初版. --
臺中市：統藝群印有限公司, 2022.07
面；　公分
注音版
ISBN 978-626-96249-1-1(精裝)
1.SHTB: 情緒經驗--3-6歲幼兒讀物

863.599　　111009166

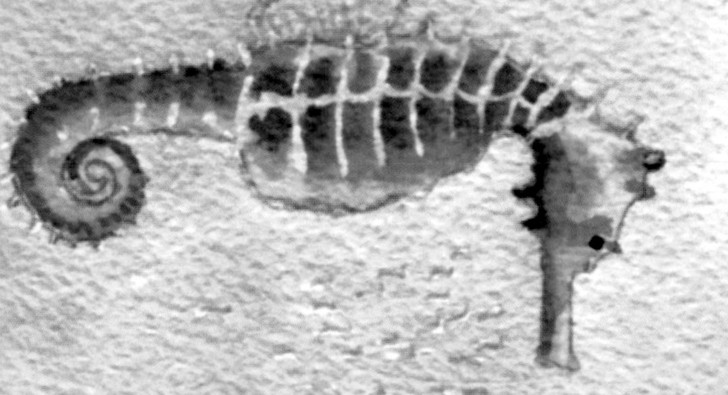